아직 괜찮다

황금알 시인선 222
아직 괜찮다

초판발행일 | 2020년 11월 30일

지은이 | 제민숙
펴낸곳 | 도서출판 황금알
펴낸이 | 金永馥
선정위원 | 김영승 · 마종기 · 유안진 · 이수익
주간 | 김영탁
편집실장 | 조경숙
표지디자인 | 칼라박스
주소 | 03088 서울시 종로구 이화장2길 29-3, 104호(동숭동)
전화 | 02)2275-9171
팩스 | 02)2275-9172
이메일 | tibet21@hanmail.net
홈페이지 | http://goldegg21.com
출판등록 | 2003년 03월 26일(제300-2003-230호)

*이 책 내용의 전부 또는 일부를 재사용하려면 반드시 저작권자와 황금알
양측의 서면 동의를 받아야 합니다.
*잘못된 책은 바꾸어 드립니다.
*저자와 협의하여 인지를 붙이지 않습니다.
*이 시집은 경남문화예술진흥원으로부터 제작비 일부를 지원받았습니다.

경남문화예술진흥원
GYEONGNAM CULTURE AND ARTS FOUNDATION

*이 도서의 국립중앙도서관 출판예정도서목록(CIP)은 서지정보유통지원
시스템 홈페이지(http://seoji.nl.go.kr)와 국가자료종합목록 구축시스템
(http://kolis-net.nl.go.kr)에서 이용하실 수 있습니다.
(CIP제어번호 : CIP2020049337)

아직 괜찮다

제민숙 시조집

황금알

펼치고 포개보며
나를 돌아보는 시간!!

알 것도 모를 것도 같은
삶은 늘 미완이다

갈길 먼
길 위에 서면
마음은 바빠지고…

아직도 듣지 못한 말, 응답을 기다리며

다시 또
길을 나선다
나를 찾아 떠난다

2020년 늦가을

차 례

1부

2부

3부

4부

5부

1부

부부

우리 집 기울기는 각도가 늘 다르다

어떤 날은 좁혀졌다 어떤 날은 벌어졌다

예각과
둔각 사이를
질정 없이 넘나든다

오래된 나사처럼 녹이 슬면 닦아주고

헐겁고 무뎌지면 조였다가 풀었다가

때로는 걸음 멈추고
바라보는
그런 사이…

그래도 따뜻하다

통째 바다를 건지는
저 작은 손놀림

둥글게 말린 새우등
불룩한 시간 위로

더디게 가을은 오고
홀쭉한 여름이 간다

밀린 집세와 독촉장 고지서가
온종일 머릿속을 쓸어갔다 밀려오는
찰방댄 하루가 터져 방파제를 울린다

늦은 밤 찾아드는 밥처럼 따뜻한 집
검푸른 바다를 머리맡에 놓아두고
보이지 않는 약속을 주렁주렁 매단다

나비처럼 날고 싶다 *

송두리째 갉아 먹힌 푸른 날의 상처는

한평생 날 흔드는 진실 감춘 덫이었다

허공을 떠도는 그 말

나비처럼 날고 싶다

끝끝내 듣지 못한 사과의 말 뒤로 하고

차마 눈 감지 못한 김복득 할머니의 한

구멍 난 생의 시간을

그 누가 기워줄까

* 나비처럼 날고 싶다: 고 김복득 위안부 할머니가 하신 말

손

제각각 키가 다른 손가락들 모여서
크고 작은 아픔들을 마디마디 쏟아낸다

거칠은
손들이 빚어낸
따뜻한 밥 널려있다

어떤 손은 호강하고
어떤 손은 눈물짓고

팍팍한 세상살이
움켜쥔 삶의 물살

그 물살
가르고 헤쳐온
비벼진 생 녹아있다

아직 괜찮다

어디에도 가닿지 못한
흔들리는 청춘들의

구겨진 이력서가 섬처럼 널려있는

고시촌
쪽방 쪽방엔
푸르게 언 꿈이 산다

신열이 온몸을 감고
영혼을 갉아가도

쉼 없이 이어지는 텁텁한 꿈의 무게

푸석한
사막 세상에서
저당 잡힌 몸이 된다

야윈 오늘을 안고

터벅터벅 걷는 길을

세상사 굽이 돌아온 초로의 할아버지

괜찮다
아직 괜찮다
눈길로 다독인다

가을

그리움이 깊으면
가을이 온 것이다

보고픈 이가 많으면
가을이 저무는 거다

유폐된
사랑이 앓는다
야윈 가을이 늪는다

말을 본다

물기 없이 자라는 수많은 언어들이
세상의 중심에서 날 세우며 떠다닌다
깊숙이 박히는 가시
마디마디 저리는

오늘도 너를 본다 네 얼굴을 바라본다
참된 말 헛된 말이 뜀뛰기를 하는 동안
마음 문 여닫는 소리가
사람들을 건너간다

구부러진 말의 뼈가 허리를 펴는 날
노릇노릇 잘도 익은 선물 같은 너를 본다
마음이 젖는 날에도
쑥쑥 키를 키우는

따뜻한 이름

내 곁에 머물렀던
내 마음에 닿았던

푸르고 따뜻했던
수많은 이름들이

하나둘 지워져 간다
하나둘 잊혀져 간다

나를 기억해 주고
내가 기억하는 이

오래 만나지 않아도
마음에 늘 닿아있는

이 세상 따뜻이 녹일
이름들
곁에 있다

웅크린 봄

네게로 가는 길이
이렇게도 멀었나

세상은 얼어있고
거리는 텅 비었다

꽃들은
저 혼자 피어
계절을 끌고 간다

너와 나 거리두기에
주저앉은 젖은 몸

출렁인 기억들이
모래알로 씹히는

서로를
일으키면서
떠나보내는 봄이다

어부

달콤한 단잠을 헌 옷처럼 벗어두고
푸른 속살 드러낸 새벽 바다 헤치는
가장의 옹크린 등이 활처럼 휘어간다

건져 올린 하루치가 눈물겹게 시려도
버리지 못한 날들 시퍼렇게 쌓으며
뜨겁게 바다를 달구는 순정한 저 몸짓

도마

세모 네모 잘라낸 모난 시간 삼키며

말없이 몸 낮추며 순응을 익힌다

쉼 없는 만년 직장의 비정규직 명찰 달고

축축하고 맵고 짠 긴 하루를 보내면

문밖에 어둠 푸는 풀벌레 소리 요란하다

온종일 젖은 몸뚱이 조심스레 뉘는 밤

잇다

한 줄이 나를 이었다
그 한 줄이 나를 키웠다

때로는 위태롭게
때로는 평온하게

한생을
적시고도 남을
가늘고도 굵은 뿌리

놓을 수 없는 인연 끈
온몸으로 붙잡고 있는

너를 엮고 나를 엮어
연연히 이어져 온

서로를
메우는 간극
그 시간이 끓고 있다

한글 공부

투박한 손끝으로 그려내는 무한 세상
기역니은 아 야 어 여 자음 모음 엮어서
내 이름 쓰고 또 쓰는
하루해가 너무 짧다

경로당이 학당 되어 꽃으로 피는 시간
유모차 앞장세워 나비처럼 날아와
비껴간 시간 녹이며
젊은 날을 소환한다

백수를 눈앞에 둔 허리 굽은 어머니의
열 칸짜리 공책은 개간한 넓은 평원
오늘은 무얼 심을까
설레는 수요일

무소식

기다림도 오래되면 바위처럼 굳어진다
불쑥불쑥 곤두서는 섭섭함도 눌어붙고

차가운 마음의 강물
자꾸만 불어간다

어린잎 키워내며
비바람 견딘 나무

그 잎새 떨어진 자리 눈물 꽃 피고 진다

비워둔 마음자리에
새잎 돋을 날 기다리며

차곡차곡 쟁여둔 그리움도 말라가는
뭉개진 가슴 위로 소낙비 훑고 간다

인정의 꽃밭에서 필
꽃들은 어떤 걸까

2부

지친 나의 발에게

가장 낮은 곳에서 가장 높이 나를 받들며
반평생 기울여온 변함없는 혼신의 힘
굴곡진 맨발의 생이
눈물겹고 아름답다

균형 잃고 주저앉던 지친 몸도 안아주고
감당 못해 휘청거린 힘든 날도 받아주며
오롯이 전해지던 노고
예사로이 넘겼다

따스한 눈길로 바라보지도 못했다
모른 척 당연한 듯 지탱해준
나의 발이여
이제는 너도 지쳐서 저릿저릿 신호 보내네

비빔밥

추석 차례 지내고 나물 넣고 밥 비볐다
색색의 나물들이 어우러져 맛을 내고
고소한
참기름 더해져
입안이 향긋하다

집 밖에서 비벼진
나는 어떤 사람일까

어떤 색깔 어떤 맛으로
함께 어우러지는지

가끔은 간을 맞추는
소금이나 되는 건지

오래된 골목

시든 시간 쪼개어 봄 햇살에 말리며
떠나간 사람들의 안부가 궁금해지는
주름진 골목 모퉁이에서
시린 어제를 줍는다.

나지막한 집들이 어깨 서로 맞대고
등이 휜 기억들을 누렇게 쌓아가는
호젓한 골목을 나오면
시큼한 어둠 밀려든다.

바쁜 하루가 잠들고 근심도 잠이 들면
젖은 담 집집마다 내걸어둔 꿈들이
오래된 골목을 깨우며
파랗게 눈을 뜬다.

세상을 걷다

비로소 나를 찾는
혼자만의 고요한 시간

밀쳐둔 어제를
가만히 더듬으면

걸어온
내 삶이 보인다
문득 내가 보인다

상처가 깊을수록
시간은 더디게 가고

두 갈래 길 위에서
서성인 적 많았다

갈길 먼
길 위에 서면
길은 다시 고요해진다

길에게 말을 걸다

길을 걷다가 문득
던지는 질문 하나

어디만큼 왔는지
어디쯤 가고 있는지

자꾸만 돌아보는 길
그림자 길게 누웠다

중심에서 벗어나
제자리 찾지 못한

살아온 분량보다
미달인 채 서성인

그 길을
걷다가 드는
듣고픈 대답 하나

비싼 세상

전단지 손에 들고 납작하게 엎드린
헐값의 그녀가 시장통을 누빈다
얇아진 마음의 두께
바람만 드나드는

빛나던 푸른 생은 저 멀리 달아나고
바람벽 모서리서 마주하는 지금은
그늘진 시간 너머로 하늘 낮게 열린다

넋두리 한 소절을 봄볕에 내 말릴 때
걸어온 길들이 어깨 서로 내어주는
핼쑥한 네 얼굴 위로
봄날은 자란다

봄날은 간다*

"꽃이 피면 같이 웃고 꽃이 지면 같이 울던"
풀꽃 향기 날리던 단발머리 그녀는
나풀댈
머리칼도 없이
쉰여덟의 봄으로 왔다

물관부 차오르던 그 푸름 어디 가고
췌장암 몹쓸 병에 저당 잡힌 몸이 되어

아픔을
오려둔 오늘은
소녀처럼 웃는다

아들 결혼 지켜보며 버텨온 축복의 날
지나온 시간들이 강물처럼 흐르고
녹이지 못한 시간이 시려 오는 봄날 오후

* 봄날은 간다: 가수 백설희의 노래 제목과 노래 가사 일부

배려

한걸음 물러서서 바라보면 보여요

적당한 간격 두고 그렇게 살다 보면

못 보던
모습들까지
한눈에 다 보여요

가까우면 찔릴까
너무 멀면 잊힐까

키워온 그리움도
억눌러둔 아픔도

괜스레 쓰는 마음도
한눈에 다 보여요

오늘도 자란다

마음에도 키가 자란다

비 내리고 꽃도 핀다

메마른 맘도 적시고

툭 터져 방출된 울음

조용히 가둘 줄도 안다

말없이 키울 줄도 안다

여백

아직도 하지 못한
하고픈 것 너무 많아

썼다가 지웠다가 채울 곳 남겨둔다

흐르는
마른 시간도
양념처럼 뿌려놓고

피워낼 꿈이런가
풀어낼 숙제런가

매 순간 마주하는 붉은 날 받아놓고

잘 익은
생각을 빚어
그려낼 빈 공간

금요일의 파도 소리

금요일은 뜨거웠다
목소리도 높았다

생생한 증언들이
도시를 뛰어다니고

빛나던
생의 터널이 늘
분주하고 바빴다

주5일 근무가 된 불야성의 금요일 밤도
산업현장 기계 소리는 노동시간도 잊은 채
도시는
올빼미 눈 되어
주말도 불태웠다

습관도 오래되면 내 몸처럼 달라붙는
몸은 편해져도 마음 지치는 날 늘고
도시도

농촌도 모두
앓는 소리 드높은 지금

갈증

팔월이 붉게 익어 툭툭 나를 건드린다
바람도 드러누워 가쁜 숨 몰아쉬는
시 한 줄 써지지 않는 목마른 빈손이다

뙤약볕 가뭄 아래 곡식들이 시들고
세상을 적시지 못한 나의 시도 시들고
갈증을 펌프질하는 이 계절이 무겁다

푸른 우포

바람, 햇빛 어울려
우포늪을 살찌우고

생명체 품어 안고
생각을 키워내는

사람과
자연이 함께
정붙이며 사는 곳

온 앤 오프

갈등과 타협 사이
오 분이 더 흐르고

푸드득 깃을 펴는
새날 여는 온의 시간

예열이 필요한 아침
뒤척이다 일어난다

끊어지고 이어지는 관계와 관계 속에

숱한 일 겪으면서 인연도 덤으로 쌓고

불통과 소통의 터널
덜컹대며 건넌다

팽팽하게 당겨진

긴 하루를 내려놓고

조용히 날개 접는
안식 위한 오프 시간

가슴에 별 하나 뜬다
울컥, 뜨거워진다

3부

봄날

"마흔둘 늦은 나이에 불쑥 찾아온 니가
진찬*인줄 알았는데 곁에 사는 효년기라"

그 소리 귀에 쟁쟁한 꽃피는 봄날입니다

"막내이 울음소리는 저승 문까지 들린단다
늦게 태어나 많이 못 보고 간다고"

그 소리 가슴을 치는 멀미 나는 봄날입니다

자식들 마음 아플까 봐 어버이날 지나고
그 뒷날 먼 길 가신 울 엄니 가없는 사랑

막내딸 마른 울음이
그곳까지 들리시나요

* 진찬: 계획에도 없고, 생각지도 않은 아이를 이르는 경남 고성의 토박이말

어머니의 발

흙길 자갈길 마다않고
터벅터벅 걸어온 먼 길

육 남매 어린것들 안고
울먹울먹 걸어온 발

흥건히
으깨진 세월이
굳은살로 박혀있다

까맣게 익어버린 그리움 잦아들면
밀물처럼 밀려오는 하늘빛 마음을 담는

세상을
잇는 실핏줄
팔월보다 더 뜨겁다

바람의 집

남기고 떠난 빈집
주인은 오지 않고

문드러진 슬레이트 지붕 바람이 주인이다

그 여름
몰아친 태풍
이를 뽑듯 추녀도 뽑고

문풍지 숭숭 뚫려
오슬오슬 돋는 한기

긴 긴 매운 밤을 뜬눈으로 지새운

쇠락한
바람의 눈동자
밤새 넘긴 낡은 책장

드난살이 몇십 년에
허락한 짧은 만남

그을린 시간들이 빈집을 둘러보며

잡은 손
놓고 떠난다
한세대가 지고 있다

뿌리

윤사월 손 없는 날 받아 흩어져 있던 6대조
그 후손 한곳에 모아 경건히 제 올리며
단단히
이어진 뿌리
벼린 붓을 세워놓고

높푸른 산등성이 홀로 계셨던 할아버지
후손들 거느리고 일장연설 읊으신다
고맙다
너희들 덕분에
밟고 온 길 환하다

오월을 업다

한 번도 날지 못한
하루도 날아보지 못한

엎드려 알싸한 시간
봄빛으로 물들이며

어머니
못다 한 말 전하려
한달음에 오셨나 보다

찔레꽃 하얗게 핀
빛나는 이 아침에

창백한 시간을 찾아
비워둔 오월을 찾아

어머니
가벼운 넋을 업고
이 봄을 건너간다

훈장

하늘도 울고 땅도 울고 온 동네가 통곡한
푸른 꿈 삼켜버린 파월장병 큰오빠의
날벼락
전사통지서에
혼절한 어머니의 봄

나라의 부름 받고 떠나간 머나먼 길
잔인한 그 봄 내내 우리 집은 한겨울이었다

훈장 속
따뜻한 온기
식지 않는 그리움

혼자 먹는 밥

늦는다는 이유로
맞지 않는 시간으로

혼자 먹는 저녁밥
왠지 쓸쓸해져서

사람의
목소리 그리워
텔레비전을 켠다

제대로 차리지 못한
식탁은 민낯이다

바쁘다는 이유로
주말만 함께 먹는

따뜻한
그 밥을 기다리며
일주일이 지나간다

이순耳順에 들며

한 번쯤 돌아보며
놓친 시간 줍는 나이

바쁘게 달려온
설익은 날 놓여있다

알 것도 모를 것도 같은
삶은 늘 미완이다

알곡보다 쭉정이 많은
가을을 앞에 두고

펼치고 포개보며
지난 삶을 재단한다

가보지 못한 내일이
나를 다시 이끈다

안경

1
바늘귀 부여잡고 빈 손질 오가며

헛디딘 시간 깁던 손끝은 말이 없다

테 굵은 돋보기 쓰신

기억 속의 어머니

2
두 눈을 비벼보고 안약을 넣어봐도

희뿌연 세상은 좀체 가셔지지 않는다

허기진 이순의 나이

그리움이 이는 나이

아버지

구부러진 길 따라

굽은 등이 걷는다

스쳐 가는 풍경도

그때 그 모습 아니듯

높푸른 큰 산이 홀로

비탈길을 걷는다

어머니

짊어진 무게가 집채보다 무거웠다

종부로 살아낸 세월 부서진 목선 같은

잔잔한

바다였던 적

그 얼마나 있었을까

봄을 훔치다

1

낙동강 변 거닐다 봄 슬쩍 훔친다

흘러보낸 날들이 강물 위에 어리면

무시로 나를 흔드는

푸른 봄을 찾는다

2

아버지 제삿날에 큰오빠 집 찾아서

낙동교 오가시던 어머니를 떠올리며

흐르다 멈추어버린

그 봄을 생각한다

모자

모자에도 나이와 성별
높낮이의 계급 있다

대낮에도 뜨는 장군 모
긴장하는 이등병 철모

손자와
할아버지 모자엔
계급 없는 웃음만 산다

4부

그날

푸른 하늘 동맥 터져
선혈이 낭자하다

지상의 풀잎마저
분분히 몸 일으켜

일제히 목이 쉰 삼월
백 년 전 그 하늘

* 3 · 1 독립만세운동 100주년이 되던 해(2019년 3월)

꺼지지 않는 불꽃

당항만을 울리는 북소리 호령 소리
소리 높은 함성으로 터지는 불꽃이다
속싯개* 푸른 앞바다
서슬 퍼런 이 장군

일본첩자 지도 위에 몰래 그은 뱃길 따라
57척 왜의 함선 속아 든 바닷길
당항포 대첩승리에
소소강이 웃는다

한 떨기 충절의 꽃 무기정 의녀 월이
꺼지지 않는 불꽃으로 소가야를 깨운다
그날의 청대 숲 바람
붉은 넋을 달래는

* 이순신 장군이 대승을 거둔 고성 당항포 앞바다. 무기정 의녀 월이가 그려
  놓은 가짜 지도에 속은 곳이라고 하여 일명 속싯개라고 불리고 있다

다솔사

두 손을 합장하고 탑을 도는 나와 같이
각각의 소원들이 두 손안에 모여진
다솔사 진신사리 탑
꿈으로 가득 차다

어지러운 마음자리 편히 쉬다 가라하는
안심료에 앉아서 황금 편백* 바라보니

선생이 우릴 반기듯
두 팔을 벌린다

비우려고 갔다가 다시 쌓고 오는 길
가벼운 듯 무겁고 무거운 듯 가벼운

다솔사 열린 길 따라
화엄경 펼쳐진다

* 만해 한용운 선생의 갑연을 축하하기 위해 심은 식수, 다솔사에서 12년간
  계시면서 만당에서 독립선언서 초안을 만들었다고 함.

사월

시린 하늘이 말 건네는
사월은 그리움이다

쓰디쓴 알약처럼
삼키기 힘든 날엔

동트는
새벽을 달려
팽목항을 찾는다

얼어붙은 시간 속
잘려나간 기억들

한 웅큼 부여잡고
바람길을 걷다 보면

쿵 쿵 쿵
심장을 치는
잿빛 사월 누워있다

바람이 분다

눈 비비고 일어나면
세상 한쪽 기울어 있고

헝클어진 하루가 통째로 굴러가는

지구촌 곳곳엔 연일
강풍이 불고 있다

대륙 넘어 날아온
코로나19 바이러스

사람 사이 금을 긋고 만남마저 단절시키는

창백한 하늘이 쏟는
천둥소리 요란하다

남산 길

한 뼘씩 자라나는
상념을 털기 위해

그을린 마음 밭에
햇살 한 줌 들인다

바람이 되고픈 오늘
구름이고픈 오늘

시끄런 세상 소리
잠시 귀 씻기 위해

조금씩 기울어지는
내 몸을 다독이며

고성만, 난 바다 너머
새처럼 날고픈 날

스며드는 일

물이 든다는 건
함께 젖는 일이다

채워 간다는 건
비워졌다는 것이다

서로가 되어주는 것이다
기댈 어깨 되는 것이다

칸나, 지다

웃음기 말라버린
그녀의 야윈 등이

병실 가득 채우며
그림자 드리운다

기억이
숨바꼭질하는
이별 앞둔 여름날

휴식

내 안에 평온 찾는 마음의 등을 켜고
바람이 전하는 소리 온몸으로 듣는다

뿌옇게 먼지 덮어쓴
근심 걱정 털어내며

솔바람 그늘 아래 두 귀를 열어놓고
그물에 걸려있는 세상 소리 듣는다
아직도
듣지 못한 말
응답을 기다리며

허수아비가 노래하다

소가야 문화제 허수아비 경연대회
14개 읍·면 대표 특징 살린 허수아비들
멋지게 폼 잡고 서서
눈길 발길 붙잡는다

아이, 어른 너나없이 배경으로 세워놓고
바쁘게 셔터 누르며 가을 듬뿍 담는다
웃음꽃 줄 세워놓고
온몸으로 노래한다

송학동 고분군 아래 서제봉행 경건하고
뜨거운 피돌기로 가슴이 더워지는
소가야 드높은 정신
송학을 물들인다

어쩌자고

단단하게 여며온 긴장감도 풀어놓고
어쩌자고 시간은 내게 와서 빈둥되나
아닌데 이게 아닌데
넋두리만 쌓는다

촘촘한 할 일들을 슬그머니 늘어놓고
남겨진 시간들을 헐렁하게 쓰다가
발등에 불 떨어지면
그때야 뜨거움 안다

상추쌈을 먹다가

된장에 풋고추 찍어 상추쌈을 먹다가
무심히 올려다본 푸른 하늘 뭉게구름

입 크게 벌리고 있네
저도 배가 고픈지

빠르게 표정 바꾼 뭉게구름 바라보다
어린 날 변덕 부리던 내 모습을 보는 듯

불현듯 떠오른 유년
돌아가고픈 그 시절

표정 짓기

뜨겁고도 차가운
세상사 부대끼며

허리 꺾으며 고개 숙이며
다양한 표정 지으며

몇몇 날
그렇게 이어 왔을까
사람 사는 곳곳에서

5부

꽃은 피었는데

꽃은 피었는데 어디에도 갈 곳이 없네

웃음기 거두어간 이 환장할 봄날에

저 혼자 피었다 지는 꽃들의 장례식

등짐

사람들은 누구나
등짐 하나씩 지고 산다

보이는 짐이든
보이지 않는 짐이든

빈 그릇
속이 꽉 찬 그릇
그도 같이 지니면서

파도

갯바람 칭얼칭얼
머리칼 풀고 와서

파도와 한 몸 되어
먼데 소식 전해준다

어제는
벗이었다가
오늘은 등이 졌다고

밀려왔다 쓸려가는 건
파도만이 아니다

사람도 이와 같이
떠나가고 떠나오고

함부로
정 주지 말란다
마음 다치지 말란다

억새

은빛 물결 출렁이며 시를 쓰는 가을날

가장 낮은 바람이
어깨를 스치면

흔드는
손길을 따라
햇살 다시 피어난다

푸른 혈맥 하얗게 펴 생각 붉게 물들이며

지나온 날들의
얽힌 기억 끌어안고

간절한
눈빛만 남긴 채
노을 속으로 떠난다

살면서 한 번쯤은

나이 잊고 싶을 때
기억 지우고 싶을 때

낯익은 길보다
낯선 길을 걷는다

한 번쯤
찾아오는 그런 날
가속도를 낮춘다

세상 읽기
— 캄보디아 수상가옥을 보며

베트남 공산화 피해 캄보디아로 도피한
메콩강 황토물 위 보트피플 후예들이
무국적 수상가옥에서 창살 없이 갇혀 산다

바다보다 더 바다 같은 톤레샵 호수에서
우물보다 깊은 눈의 아이들이 자라고
원 달러 외치는 소리도 덩달아 자라난다

물 위에 떠 있는 천여 가구 사람들이
물고기 몇 마리로 하루를 건너지만
지구별 어디에서든 꿈꾸는 학교가 있다.

달집

달 없는 정월 대보름
달보다 환히 밝히며

높푸른 소원 등燈 달고
호기롭게 타고 있다

어머니, 그 어머니까지
비손하는 보름밤

온 동네 울려 퍼진
어린 날 꽹과리 소리

천방지축 뛰어놀던
우리들 머리 위로

두둥실 보름달 뜨면
비손하던 어머니

달빛사냥

칠월 장마 틈새 비집고 달빛사냥 나섰다

비가 올까 바람이 불까 가슴을 졸이면서

구름 속

숨어있는 달 향해

시위를 당겨본다

버스에서

버스를 타면 눈을 감는다

잠깐의 휴식이 주는

선물 같은 이 느낌

나이도 잊고 주위도 잊는다

눈꺼풀

무겁게 쌓이는

적요를 삼킨다

꽃이 나에게

보고팠다며 꽃이 핀다

그리웠다며 꽃이 운다

해마다 피는 꽃도

날마다 보는 그대도

가만히 눈 맞추다 보면

놓친 말들 꽃으로 핀다

마른 오후

끊어진 철로처럼 멈춰버린 시간 속

데워진 붉은 날들 누렇게 퇴색되는

펄럭인 기억이 진다

고인 시간이 진다

거울 앞에서

등줄기 타고 내린 땀방울 흐른 날도

불쑥불쑥 떠받으며 성난 뿔 둥지 튼 날도

끝끝내

들키고 만다

너를 보며 나를 읽는다

속엣 말 툭툭 튀어 상처에 덧이 나도

굽히지 않고 버틴 팽팽한 일상에도

한번도

나 아닌 적 없었다

네 앞에 설 때면

실직

날 팝니다 날 사세요

행간 가득 심어놓은

구인란 이력서에

대답 없는 사계절이

고개를 떨구고 섰다

파지처럼

구겨진 채로

해설

배려와 절제, 그 신뢰가 주는 아름다움

김 복 근(한국문협 자문위원·문학박사)

　제민숙의 시조를 읽으면서 인간의 삶이 무엇인가에 대한 근원적인 물음을 다시 생각하게 된다. 인간은 누구나 인간답게 살기를 원하지만, 어떻게 사는 것이 인간다운 삶인지에 대해서는 방향을 잡지 못해 흔들리는 경우를 목도한다. 우리는 인간이기에 과거에 대한 아쉬움과 회한, 현재에 대한 불신과 불안, 미래의 삶에 대한 막연한 두려움에 빠져들기도 한다. 행복에 대한 관점은 사람마다 다르며, 가치관에 따라 삶에 대한 평가도 달라진다. 인간은 동물과 달리 생각하는 능력을 가지고 있다. 시인은 예지적 존재이다. 자신을 주체적으로 성찰하는 윤리적 존재이며, 행동과 삶의 방식을 결정할 수 있는 창조적인 존재이기도 하다. 얼마를 살았는가에 의미를 두는 것이 아니라 어떻게 사는 것이 중요한가를 확인하면서 자신이 속한 사회 규범과 그 가치를 내면화하여 조직의 구성원이 되어가는 사회화를 체득한다.

제민숙의 시조는 그가 함의한 내면세계가 따뜻하고 아름다운데 기초하고 있다는 사실을 실감하게 한다. 배려와 절제가 몸에 배인 그가 시조로 들려주는 삶과 사유방식은 울림이 크다. 배려와 절제는 인간관계에서 대단히 중요한 삶의 덕목이며, 긍정적 사고에 대한 가늠자가 된다. 화자가 주는 배려와 절제는 우리 삶을 풍요롭게 하고 더 아름다운 세상, 더 좋은 세상으로 나아가게 하는 삶의 가치 기준이 되며 척도가 된다. 그는 자신이 그려낸 시조에서 온화하고 밝고 투명한 심성을 보여줌으로써 공감을 사고 있다. 신뢰가 바탕이 된 정신세계와 아름다움의 밑거름이 되는 화자의 돌올한 시조세계를 탐미하는 일은 자못 흥미롭다.

　　한걸음 물러서서 바라보면 보여요

　　적당한 간격 두고 그렇게 살다 보면

　　못 보던
　　모습들까지
　　한눈에 다 보여요

　　가까우면 찔릴까
　　너무 멀면 잊힐까

키워온 그리움도
억눌러둔 아픔도

괜스레 쓰는 마음도
한눈에 다 보여요

— 「배려」 전문

배려는 상대방의 마음 읽기에서 출발하여 상대를 도와
주거나 보살펴 주려고 하는 심성을 의미한다. 화자는 상
대의 마음도 '한걸음 물러서서 바라보면' 보이고, '적당한
간격 두고 그렇게 살다 보면// 못 보던/ 모습들까지' 보
인다고 한다. 배려는 개인적 배려와 사회적 배려로 나누
어 볼 수 있다. 배려를 행하는 주체 역시 객관성을 유지
할 수 있는 개인이나 단체에 의해 행해진다. 배려는 스
스로 우러나오는 마음에서 출발하게 되는데, 때에 따라
당연한 권리로 포장이 되면 불편해지는 경우도 있다. '가
까우면 찔릴까/ 너무 멀면 잊힐까' 우려하면서 '키워온
그리움도/ 억눌러둔 아픔도// 괜스레 쓰는 마음도/ 한눈
에 다 보인다고 한다. 화자의 배려는 "생각이 너그럽고
두터운 사람은 봄바람이 만물을 따뜻하게 기르는 것과
같으니 모든 것이 이를 만나면 살아난다."라는 채근담의
말을 연상하게 하면서 규정화된 사회적 배려와 달리 사
람의 마음을 따뜻하게 하는 시인의 배려를 보여준다.

통째 바다를 건지는
저 작은 손놀림

둥글게 말린 새우등
볼록한 시간 위로

더디게 가을은 오고
홀쭉한 여름이 간다

밀린 집세와 독촉장 고지서가
온종일 머릿속을 쓸어갔다 밀려오는
찰방댄 하루가 터져 방파제를 울린다

늦은 밤 찾아드는 밥처럼 따뜻한 집
검푸른 바다를 머리맡에 놓아두고
보이지 않는 약속을 주렁주렁 매단다

                              −「그래도 따뜻하다」 전문

　우리는 각박한 현실에 대해 야속해 하면서도 고약한
사람보다는 심성 고운 사람이 더 많음을 알고 있다. '밀
린 집세'를 내지 못하는 서민의 삶은 각박하기 짝이 없
다. 밀물과 썰물처럼 머릿속에는 '찰방댄 하루가 터져 방
파제를 울'리면서 그래도 따뜻한 약속을 믿으며, '작은
손놀림'으로 '바다를 건지고' 있다. '내 곁에 머물렀던/
내 마음에 닿았던// 푸르고 따뜻했던/ 수많은 이름들

이// 하나둘 지워'져 가면서 '나를 기억해 주고/ 내가 기억하는 이' 곁에서 '이 세상 따뜻이 녹일/ 이름'을 호명하고 있다'(「따뜻한 이름」). 그렇다. '물이 든다는 건/ 함께 젖는 일이다'. '서로가 되어주는 것이다'(「스며드는 일」). 배려는 사람의 천성에서 나오는 것이다. 칼릴 지브란은 "부드러움과 친절은 나약함과 절망의 징후들이 아니고, 힘과 결단력의 표현"이라고 했다. 표면적 아름다움은 눈을 즐겁게 하지만, 내면적 아름다움은 인간의 마음을 매료시키는 묘한 마력을 지니고 있다.

갈등과 타협 사이
오 분이 더 흐르고

푸드득 깃을 펴는
새날 여는 온의 시간

예열이 필요한 나이
뒤척이다 일어난다

끊어지고 이어지는 관계와 관계 속에

숱한 일 겪으면서 인연도 덤으로 쌓고

불통과 소통의 터널

덜컹대며 건넌다

팽팽하게 당겨진
긴 하루를 내려놓고

조용히 날개 접는
안식 위한 오프 시간

가슴에 별 하나 뜬다
울컥, 뜨거워진다

– 「온 앤 오프」 전문

　인간은 사회적 동물이다. 소집단의 기족 관계에서 점차 그 활동 범위가 넓어져 다양한 형태의 인간관계를 형성하게 된다. 인간관계는 조직구성원 상호 간의 협력관계를 촉진하고 질서의 유지발전을 통하여 조직의 목표 달성과 개인의 욕구충족을 위해 이루어진다. 대인관계 능력은 다른 사람의 생각이나 감정을 잘 이해하며 조화롭게 관계를 유지하며, 갈등이 생겼을 때 이를 원만하게 해결할 수 있는 능력을 의미한다. 사람들은 인간관계를 원만하게 유지하고 싶어 하지만, 갈등과 타협, 화해의 틈에서 힘들어하는 경우가 많다.

　제민숙 시인의 「온 앤 오프」는 이러한 인간의 관계 미학을 노래하면서 자신과의 관계에서 사회적 관계로 다시 자신과의 관계를 노래하는 특수한 구조미를 보여준다.

그는 1수에서 자고 일어나는 아침의 상황을 '갈등과 타협 사이/ 오 분이 더 흐르고// 푸드득 깃을 펴는/ 새날 여는 온의 시간'이라고 규정하면서 '예열이 필요한 나이/ 뒤척이다 일어난다'고 묘사한다.

2수에서는 사회적 인간관계가 이루어진다. 하루를 살다 보면 갖가지 관계가 끊어졌다 이어지면서 갖가지 사연이 생기고, 덤으로 인연도 쌓으면서 '불통과 소통의 터널'을 건너게 된다.

하루의 힘든 일과를 마치고 나면 '팽팽하게 당겨진/ 긴 하루를 내려놓고' '조용히 날개 접는' '오프의 시간'을 맞이한다. 이 시간에 화자는 '가슴에 별 하나 뜬다'고 한다. 시조인의 긍정적 마인드가 작동하고 있음을 본다. 하루의 삶을 마감하면서 '울컥, 뜨거워'지는 자신의 감정을 간명하게 표출하여 공감대를 형성한다.

　　　"마흔둘 늦은 나이에 불쑥 찾아온 니가
　　　진찬인줄 알았는데 곁에 사는 효년기라"

　　　그 소리 귀에 쟁쟁한 꽃피는 봄날입니다

　　　"막내이 울음소리는 저승 문까지 들린단다
　　　늦게 태어나 많이 못 보고 간다고"

그 소리 가슴을 치는 멀미 나는 봄날입니다

자식들 마음 아플까 봐 어버이날 지나고
그 뒷날 먼 길 가신 울 엄니 가없는 사랑

막내딸 마른 울음이
그곳까지 들리시나요

– 「봄날」 전문

　어머니를 주제로 하는 시조는 보편성을 가지고 있기
때문에 자칫 관념에 빠지기 쉽다. 그러나 제민숙 시조인
의 「봄날」은 자신의 특수한 삶과 결부하여 적절하게 극
복하는 지혜로움을 보여준다. 언유종言有宗은 태어나서
말을 돋칠 때 할머니나 어머니께 배우는 말의 씨알이 되
는 말을 의미한다. 화자는 언유종에 해당하는 '진찬' '막
내이' '엄니' 등의 토박이말을 사용함으로써 언어의 온도
를 높여 공감을 산다. '늦은 나이'에 어머니의 막내로 태
어나 그 육성을 듣는 봄날 '막내딸'은 어머니에 대한 그
리움으로 '마른 울음'을 울고 있다. 화자의 어머니는 '짊
어진 무게가 집채보다 무거웠다'(「어머니」). '달 없는 정월
대보름/ 달보다 환히 밝히며// 높푸른 소원 등燈 달고/
호기롭게 타고 있다'(「달집」). 여자는 약하지만, 어머니는
강하다. 어머니는 가정과 자녀를 위해서 기꺼이 희생하

였고, 자녀를 훌륭히 키우고자 하는 열망은 그 무엇보다도 뜨거웠다. 어머니의 삶은 받는 것보다 베푸는 것을 천명처럼 생각하며 살았다. 가없는 사랑 속에서 가정과 자녀를 위해 희생하는 어머니의 모습은 마치 성자와 같다. 어머니는 숭고하고 아름답다. 어머니를 생각하면 언제나 감미롭고 따뜻하며 아늑하다. 사람들은 힘들거나 어려울 때, 목 놓아 어머니를 부르며 그 가슴에 안기기를 갈망한다. 화자는 「봄날」에서 어머니가 헤어지는 날까지 자식들 마음 아플까 봐 '어버이날 지나고/ 그 뒷날 먼 길 가신 울 엄니 가없는 사랑'을 읊조린다. '아버지 제삿날에 큰오빠 집 찾아서/ 낙동교 오가시던 어머니를 떠올리며//흐르다 멈추어버린//그 봄을 생각'한다(「봄을 훔치다」). '창백한 시간을 찾아/ 비워둔 오월을 찾아// 어머니/ 가벼운 넋을 업고/ 이 봄을 건너'(「오월을 업다」)가기도 한다. 해마다 오월의 「봄날」이 오면 어머니와의 영원한 이별 앞에서 목 놓아 울면서 사랑을 나누고자 하는 화자의 마음이 드러나는 가작이다.

우리 집 기울기는 각도가 늘 다르다

어떤 날은 좁혀졌다 어떤 날은 벌어졌다

예각과
둔각 사이를

질정 없이 넘나든다

오래된 나사처럼 녹이 슬면 닦아주고

헐겁고 무뎌지면 조였다가 풀었다가

때로는 걸음 멈추고
바라보는
그런 사이...

-「부부」 전문

부부란 어떤 관계인가. 흔히 부부는 닮는다고 하지만, 비과학적인 논리다. 같이 산다고 해도 DNA가 섞이는 것도 아니고, 마주 본다고 얼굴 형태가 바뀌는 것도 아니다. 그러나 부부는 서로 닮았다는 가설 아래 과학적으로 이를 증명하려고 한다. 사실 부부가 한 생애를 살다 보면 비슷한 생각과 가치관을 갖게 되고, 희로애락을 공유하다 보면 풍기는 인상이나 행동 또한 서로 비슷해지는 게 아닌가 싶기도 하다.

시조인은 닮아가는 부부 관계를 실감 나게 형상화하고 있다. 부부는 서로 다른 성장 배경을 가진 개체의 만남이다. 이를 화자는 '우리 집 기울기는 각도가 늘 다르다'라고 묘사한다. 그 각도가 '어떤 날은 좁혀졌다 어떤 날은 벌어'지면서 '예각과/ 둔각 사이를/ 질정 없이 넘나든다'고 진술한다.

우리는 결혼에 대해 오해하면서 사는 경우가 많다. 한 남자와 한 여자가 만나 결혼을 하면 바로 부부가 된다. 그렇다고 바로 좋은 남편, 좋은 아내가 되는 것은 아니다. 좋은 남편이 되기 위해서는 아내를 알아가는 노력이 필요하고, 좋은 아내가 되기 위해서는 남편을 알아가는 시간이 필요하다. 우리는 흔히 '부부는 일심동체, 한마음'이라고들 하는데, 심리학자들은 이를 '현실에 기반을 두지 않은 기대', 즉 환상fantasy이라고 말한다. 서로 다른 개성과 성장 배경을 가진 두 사람이 만나 결혼으로 맺어졌기에 어쩌면 서로 '통하지 않는 게 정상'이라는 것이다. 당연히 '기울기'의 '각도'가 다를 수밖에 없다. 부부는 서로 좁힐 수 없는 본질적인 차이가 존재하기 때문이다. 따라서 부부는 일심동체가 아니라 이심이체일 수밖에 없다. 서로 다른 개체가 만나 부부로 사는 것 자체가 오히려 기적에 가까운 일이다. 서로의 다름을 고치려고만 하지 말고 이해할수록 더 좋은 남편, 더 좋은 아내가 될 수 있다. '오래된 나사처럼 녹이 슬면 닦아주고// 때로는 걸음 멈추고/ 바라보는/ 그런 사이…'가 바로 부부이다. 부부가 닮아간다는 사실을 과학이 아니라 화자 특유의 서정으로 실증하고 있다. 의도적인 노력과 연습을 통해 부부 관계는 친밀해진다.

배려와 신뢰가 몸에 배인 제민숙 시조인은 부부는 서로 소중한 인연으로 만났으니 '녹이 슬면 닦아주고/ 헐

겁고 무뎌지면' 다시 조이면서 서로의 감정을 맞춰온 사
실을 낯선 표현법으로 새로운 언어미감으로 형상화하여
공감을 산다.

송두리째 갉아 먹힌 푸른 날의 상처는

한평생 날 흔드는 진실 감춘 덫이었다

허공을 떠도는 그 말

나비처럼 날고 싶다

끝끝내 듣지 못한 사과의 말 뒤로 하고

차마 눈 감지 못한 김복득 할머니의 한

구멍 난 생의 시간을

그 누가 기워줄까
                                    ─「나비처럼 날고 싶다」전문

정신대, 위안부, 성노예. 듣기만 해도 등골이 오싹한
말이다. 제민숙 시조인의 관심은 화자 개인의 삶에서 가
족 공동체의 삶으로 다시 사회적 삶의 존재에 대한 사유

체계로 전이된다.

2018년 7월 1일 별세한 '김복득 할머니'는 일제강점기 이 땅에서 살아온 불행한 여인의 총체적인 대명사다. 김 할머니는 22세가 되던 해 공장에 취직시켜주겠다는 징용 모집자의 말에 속아 고향 통영에서 중국, 필리핀 등으로 끌려간 후 7년 동안 위안부 피해자로 고초를 겪게 됐다. 일제강점기 타국에서 말할 수 없는 수모를 겪던 할머니는 해방 직후에 가까스로 고향 땅을 다시 밟았다. 피울음을 토할 수밖에 없는 끔찍한 기억에도 김 할머니는 일제의 만행을 세상에 알리고 일본 정부로부터 공식 사죄를 받아내기 위해 적극적으로 활동했다. 1994년 일본군 위안부 피해자로 정부에 등록한 할머니의 행적은 2010년을 전후로 본격적으로 언론에 소개됐다.

「나비처럼 날고 싶다」는 고 김복득 할머니가 하신 말씀을 제재로 하고 있다. 나라의 힘이 약해지면 그 아픔은 고스란히 약자인 여성의 몫이 된다. '송두리째 갉아 먹힌 푸른 날의 상처는// 한평생 날 흔드는 진실 감춘 덫이었다'. 오래 살수록 욕된 삶이 되어 '사과의 말' 한마디 듣지 못하고, 이승을 마감한 김 할머니는 '구멍 난 생의 시간'을 살다 떠났다. 화자는 누구도 그 어떤 방법으로도 보상해줄 수 없는 처참하게 찢어진 한 인간의 아픔을 단 두 수의 절제된 미감으로 노래했다. 역사를 잊은 민족에게 미래는 없다는 말에 공감한다. 일제강점기, 자신들의 잘못을 축소시킨 사실을 상기하면서, '김복득 할머니의

한'을 현재로 환치하여 잃어버린 역사의 아픔을 되새기고 있다.

　여성 생태학적 언어 미감을 보여주는 화자는 어머니와 부부, 김복득 할머니를 노래하면서 나를 잇고 나를 키우며, '한생을/ 적시고도 남을/ 가늘고도 굵은 뿌리'(「잇다」)로 '놓을 수 없는/ 인연'의 '끈'을 붙잡고 있다.

　　두 손을 합장하고 탑을 도는 나와 같이
　　각각의 소원들이 두 손안에 모여진
　　다솔사 진신사리 탑
　　꿈으로 가득 차다

　　어지러운 마음자리 편히 쉬다 가라하는
　　안심료에 앉아서 황금 편백* 바라보니

　　선생이 우릴 반기듯
　　두 팔을 벌린다

　　비우려고 갔다가 다시 쌓고 오는 길
　　가벼운 듯 무겁고 무거운 듯 가벼운

　　다솔사 열린 길 따라
　　화엄경 펼쳐진다

　　　　　　　　　　　　　　－「다솔사」 전문

역사를 보는 화자의 긍정적인 사고관에 의해 사물을 대하는 그의 시선은 언제나 따뜻하다. 다솔사 안심료安心寮는 일제강점기 때 불교계 항일운동의 거점으로 민족정신을 일깨운 곳이다, 만해 스님은 이곳에 12년간 은거하면서 항일비밀결사단체인 만당卍黨을 조직하여 계몽운동, 불교정화운동 등을 펼쳤다. 백용성 스님과 함께 불교계를 대표해 1919년 3·1독립선언에 참여했던 만해는 지인들과 교류하면서 이곳에서 독립선언문 공약 삼장을 초안했다. 천연 요새 같은 봉명산 다솔사는 최범술이 차밭을 일구고, 김법린, 김범부 등이 은거하면서 은밀하게 독립운동을 하였으며, 김범부의 동생인 소설가 김동리가 「등신불」을 쓰기도 한 도량이다.

안심료 앞에는 만해 스님의 회갑을 축하하기 위해 심은 황금 편백 세 그루가 있다. 화자는 이 편백나무를 보면서 만해 스님이 '우릴 반기듯/ 두 팔을 벌린다'고 했다. 사람들이 다솔사를 찾는 이유는 무엇인가. '비우려고 갔다가 다시 쌓고 오는 길/ 가벼운 듯 무겁고 무거운 듯 가벼운// 다솔사 열린 길 따라/ 화엄경이 펼쳐진다'고 한다. 다솔사를 찾는 이들과 함께 읊조리고 싶은 잘 빚어진 마음 시조다.

어디에도 가닿지 못한
흔들리는 청춘들의

구겨진 이력서가 섬처럼 널려있는

고시촌
쪽방 쪽방엔
푸르게 언 꿈이 산다

신열이 온몸을 감고
영혼을 갉아가도

쉼 없이 이어지는 팁팁한 꿈의 무게

푸석한
사막 세상에서
저당 잡힌 몸이 된다

야윈 오늘을 안고
터벅터벅 걷는 길을

세상사 굽이 돌아온 초로의 할아버지

괜찮다
아직 괜찮다
눈길로 다독인다

– 「아직 괜찮다」

고시촌의 쪽방은 우리 사회의 대표적인 '희망 사다리'다. 그러나 언제부터인가 장기 체류하는 젊은이들이 늘어나고, 고시촌을 전전하며 청춘을 흘려보내는 '고시 낭인'을 쏟아낸다는 비판과 함께 제도 자체에 문제가 있다는 지적이 꾸준히 제기됐다. 고시촌은 '청운의 꿈'이 자라는 곳이기도 하지만, 스트레스에 지친 고시생들이 생활고와 좌절감에 휩싸여 극단적인 선택을 하는 우울한 공간이기도 하다. 안정적인 직장이 꿈과 희망이 돼버린 젊은이들의 풍경이 좁디좁은 골방에서 끈적거린다. 저마다 꿈이 다르고 삶의 목표가 다른데, 고시촌을 찾는 젊은이들의 꿈은 한 방향으로 초점이 맞춰진다. 안정된 직장과 노후 보장이 젊음을 소진할만한 유일한 대안이 되어간다. 성공에 대한 확률이 지극히 낮은데도 젊음을 소진하는 이들을 보면서 화자는 씁쓸해진다. 적자생존의 경쟁이 진리로 강변되는 차가운 현실은 한 마디로 지옥이다. 고시촌에 머무는 청춘들의 삶은 저마다 꿈이 있어야 하지만 그들은 바늘구멍을 지나려는 낙타처럼 살아간다. 성공하는 이보다 실패하는 이가 많은 현실에서 승자의 꿈을 꾸며 어렵고 힘든 삶을 살아간다.

　이들을 보는 시조인은 우울하지만, 밝고 따뜻한 시선으로 취업이 되지 않는 젊은이들에게 희망 메시지를 전하고 싶어 한다. '구겨진 이력서가 섶처럼 널려있는// 고시촌/ 쪽방'에도 '푸르게 언 꿈이' 살고 있다. 신산한 그들의 삶을 보면서 '신열이 온몸을 감고' '푸석한/ 사막 세

상에서/ 저당 잡힌 몸이' 되지만, '세상사'를 체험한 '초
로의 할아버지'는 '괜찮다/ 아직 괜찮다'며 따뜻한 '눈길
로' 다독이고 있다.

　'내안에 평온 찾는 마음의 등을 켜고/ 바람이 전하는
소리 온몸으로' 들으며, '솔바람 그늘 아래 두 귀를 열어
놓고'(「휴식」) '가끔은 간을 맞추는/ 소금이'(「비빔밥」) 되어
함께 어울려 살아가기를 염원하고 있다.

　　　시든 시간 쪼개어 봄 햇살에 말리며
　　　떠나간 사람들의 안부가 궁금해지는
　　　주름진 골목 모퉁이에서
　　　시린 어제를 줍는다.

　　　나지막한 집들이 어깨 서로 맞대고
　　　등이 휜 기억들을 누렇게 쌓아가는
　　　호젓한 골목을 나오면
　　　시큼한 어둠 밀려든다.

　　　바쁜 하루가 잠들고 근심도 잠이 들면
　　　젖은 담 집집마다 내걸어둔 꿈들이
　　　오래된 골목을 깨우며
　　　파랗게 눈을 뜬다.
　　　　　　　　　　　　　－「오래된 골목」 전문

　인간은 사회적 동물이어서 군집을 이루며 살아왔다.

편리한 생활과 후손의 번영을 위해 물과 지형, 기후 등의 자연조건과 다니기 편리하고, 소득을 올릴 수 있고, 적의 침입에 대비하기 좋은 곳에 삶의 터를 잡아 살게 된다. 마을이 조성되면 사람이 다니게 되고, 자연스럽게 길이 만들어지게 된다.

「오래된 골목」은 마을이 오래됐음을 의미한다. 공간과 시간이 입체적으로 촘촘하게 짜여 구체화된 입체 미학을 보여준다. '주름진 골목'에서 '호젓한 골목' '오래된 골목'으로 전이되는 공간성을 보여준다. '시린 어제를 줍는다'며 과거를 읊조리고, '시큼한 어둠 밀려든다'면서 현재를 노래하다. 마지막 수에서는 '오래된 골목을 깨우며/ 파랗게 눈을 뜬다'며 미래를 노래하는 시간성의 미학을 보여준다.

마을은 인간이 거주하는 가옥과 먹거리의 생산과 공급 장소로서의 경지, 농가와 인간과 물자의 소통을 담당하는 도로 등이 있다. 마을은 좁은 의미로는 가옥의 결합체로 규정할 수 있으나 넓은 의미로는 인간생활과 관련된 생활무대의 전반을 가리킨다. 이런 가운데 화자는 '떠나간 사람들의 안부가 궁금'하기도 하고, '등이 휜 기억들'이 쌓여가기도 한다. 그리하여 '바쁜 하루가 잠들고 근심도 잠이 들면/ 젖은 담 집집마다 내걸어둔 꿈들이' 파랗게 눈을 뜨기도 한다. '비로소 나를 찾는/ 혼자만의 고요한 시간'에 '걸어온/ 내 삶'을 보기도 하고, 서성대기도 한다(「세상을 걷다」). 길은 가까운 데 있다. 그러나 우리는 이것을 먼 데서 찾는다. 맹자의 말이다. 골목은 마을에 있다. 화자는 오랫동안 터 잡아 사는 골목에서 자신이 걸어온 인생의 길을 찾아 삶의 애환을 담아내는 지혜를 보여준다.

제민숙 시조인은 1999년 『자유문학』 신인상으로 등단하여 2015년 첫시조집 『길』을 펴냈고, 이번에 『아직 괜찮다』를 펴냈으니 비교적 과작인 셈이다. 그러나 그가 하는 시조 작업은 절제된 사유방식을 상징하는 삶과 다름없다. 제대로 형상화되지 않아 설익은 작품들이 판을 치는 세태에 비겨보면 신뢰를 주는 시업의 길을 가고 있는 것이다. 그가 하는 일이 문화적인 일이고, 남을 위해 봉사하는 직업이다 보니 배려가 몸에 배인 이타적인 삶을 살게 된 것이다. 더욱이 문학 장르 중에서 응축과 절제의 미학을 미덕으로 하는 시조를 읊조리다 보니 그의 눈길은 늘 따뜻하다. 사람이 사물을 보는 것은 그 사람이 어떤 사유를 하는가에 따라 달라진다. 지금까지 그가 그려낸 시조의 한 단면을 헤아려 보면서 가슴이 따뜻해짐을 느끼게 된다.

배려와 절제가 주는 그의 시조 미학이 신뢰가 되는 아름다움으로 승화되어 척박한 삶을 사는 현대인들에게 위안과 자양이 되리라 확신하면서 앞으로 그가 개척해 나갈 또 다른 진경의 세계를 기대해본다.

황금알 시인선